D1079623

Ce livre appartient à

RETROUVEZ

DANS LA BIBLIOTHÈQUE ROSE

c'est pô une vie...

même pô mal...

c'est pô croyab'

c'est pô malin...

ZEP

titeuf

c'est pô malin...

Adaptation : Shirley Anguerrand

HACHETTE

1

Nadia et sa copine regardaient un journal pour filles pendant la récré. Elles faisaient plein de commentaires sur la photo d'un type célèbre du genre chanteur, soi-disant vachement chou et super-beau qui s'appelle Kevin Lover.

Quelque chose me disait que je devais détester ce nul. Et ça s'est confirmé quand Nadia a lu un passage de son interviouve. Kevin Lover disait qu'il pouvait chanter et danser en même temps et ça épatait drôlement Nadia et sa copine. Elles ont même trouvé ça fou. Moi ce que je trouvais fou, c'est qu'elles soient folles de ce pôv' type.

Le pire, c'est que, moi, je fais des trucs bien plus chouettes que Kevin Lover. Je l'ai dit aux filles et elles ont demandé ce que je faisais de mieux que chanter en dansant.

Avec ça, c'était sûr que leur Kevin Lover, il pouvait aller se rhabiller !

Mais Nadia et sa copine faisaient semblant de ne pas être épatées. À tous les coups, elles devaient croire que je racontais des blagues pour faire mon intéressant et que j'étais même pô cap' de le faire pour de vrai.

Alors j'ai été obligé de leur faire une démonstration...

Elles sont parties au fond de la cour en me traitant de trucs pô propres. Elles m'ont pô trouvé super-chou et je comprends toujours pas pourquoi.

Je sais plus ce qu'il faut faire pour impressionner les filles. C'est fou ce qu'elles sont devenues exigeantes.

2

J'avais un mal fou à me faire attraper par Nadia à colin-maillard. Pourtant, j'arrêtais pô de me mettre sur son chemin.

C'était hyper-important que j'y arrive, parce que, quand on est attrapé, on a droit à un bisou.

Nadia avait déjà fait un bisou à Marco alors qu'il avait même pô fait exprès de se faire avoir. Et moi, j'avais beau courir et me cogner partout pour qu'elle m'attrape, ça donnait rien du tout.

Je commençais à trouver ça trop injuste.

Je continuais à la suivre quand elle a changé de direction. Elle fonçait droit sur un mur et il n'y avait personne sur son passage.

Je sais pas comment j'ai fait, mais j'ai réussi à me mettre entre le mur et Nadia.

Après tous ces efforts, c'était enfin la victoire ! J'arrivais pô à y croire ! J'étais juste en face de Nadia, elle allait me faire mon bisou ! On peut dire que, pendant un moment, je me suis trouvé à deux centimètres du bonheur cosmique.

Et la cloche a sonné.

Je sais pas ce qui s'est passé après, je me souviens plus de rien.

3

J'aime bien me raconter des histoires où je suis un gars héroïque et mystérieux.

Le genre de type qui garde toujours le contrôle des situations terribles et qui impressionne les jolies héroïnes.

Ce que je préfère imaginer, c'est que je me transforme avec plein d'effets spéciaux.

Évidemment je deviens une créature trop puissante avec plein de muscles développés comme en ont les super-héros dans les BD.

Et je peux faire ce que je veux parce que personne n'ose me contrarier à cause de ma force invincible.

Mais je ne me transforme que pour lutter contre l'injustice parce que je suis quand même un type bien. Comme Hulk. La classe, quoi.

J'aimerais bien avoir un terrible secret moi aussi.

Mais pour ça, il aurait fallu
que je sois exposé à des radia-
tions.

L'autre jour, à la télé, y'avait
les enfants de Tchernobyl...

Pendant le dîner, j'ai demandé
à papa qu'on déménage à côté
d'une centrale nucléaire.

Moi, je trouvais ça hyper-cool, mais papa s'est fâché et il a répondu que ce qui serait cool c'est que je termine mon assiette et qu'il ne m'entende plus.

Bref, mon terrible secret, c'est que mes parents sont des blaireaux.

4

Nadia faisait une fête pour son anniversaire et j'avais rien trouvé à lui offrir. Maman voulait me rassurer, mais moi je savais bien que c'était une catastrophe. En plus, Manu venait me chercher pour qu'on aille ensemble chez Nadia et il avait trouvé un cadeau, lui.

Par contre, il avait pas fait d'efforts pour s'habiller.

Quand on est sortis pour aller à la fête, il pleuvait des seaux d'eau. Manu était bien au sec dans ses bottes en caoutchouc. Moi je préférais être mouillé mais éviter la honte.

On est finalement arrivés chez Nadia, et Manu s'est installé devant la porte pour changer de chaussures. Quand il a retiré ses bottes, j'ai cru mourir irradié tellement elles sentaient les pieds. En plus, je devais porter le sac où il les avait rangées pendant qu'il mettait ses tennis.

Nadia a dû nous entendre, alors elle a ouvert la porte pour nous accueillir.

Moi je tenais encore le sac avec les bottes pourries de Manu dedans. Nadia a cru que c'était son cadeau et elle me l'a arraché des mains sans que j'aie le temps de rien faire.

C'était tellement la honte que j'ai même pas réussi à m'expliquer.

On venait à peine d'arriver, mais pour moi, la fête était finie. Entre la honte et la pluie, j'ai choisi le moins grave...

5

Y'a des trucs que je supporte pas qu'on me dise.

Surtout si c'est sur mes parents. À l'époque, ma petite sœur était pas encore née, maman l'avait dans son ventre. Ce sale type l'avait su, je sais pô comment.

Il me disait que mes parents étaient des obsédés parce qu'ils avaient fait un bébé dix ans après ma naissance.

J'avais beau lui dire que mes parents avaient fait le bébé y'a super longtemps mais qu'il mettait du temps à arriver, ce pôv' type m'écoutait pas et j'ai dû employer la manière forte.

Comme il voulait toujours pas se taire, et qu'en plus il faisait des sales gestes, j'ai été obligé de lui taper dessus de toutes mes forces.

Si la maîtresse était pô arrivée à ce moment-là, je crois qu'il resterait plus rien de ce naze, tellement j'étais énervé.

La maîtresse a mis dix minutes à nous séparer.

Je me suis dit que quand elle saurait la vérité sur ce que m'avait dit ce pôv' type, elle taperait dessus encore plus fort que moi et ce serait bien fait pour lui. Mais elle a même pô voulu m'écouter.

C'est pô croyab' que toutes les injustices de la terre me tombent toujours dessus.

La seule chose qui me consolait, c'est que j'allais bientôt trouver un copain pour partager.

6

Les copains me faisaient passer un test archi-important pour moi. Les épreuves allaient être dures mais il fallait à tout prix que je les réussisse toutes. La première épreuve nécessitait du matériel de qualité.

J'avais vraiment les oreilles collées à l'enceinte quand Hugo m'a fait subir la première partie du test.

Et j'ai réussi. J'ai eu un gros bourdonnement dans la tête pendant des heures, mais j'ai passé l'épreuve de résistance au bruit avec succès.

Manu était chargé de super-
viser l'épreuve suivante. Et là
aussi, je me suis vraiment mon-
tré à la hauteur.

Manu et Hugo étaient impi-
toyables : ils m'ont même pô
laissé le temps de récupérer
mon souffle.

J'ai passé glorieusement l'épreuve de résistance à l'odeur alors que c'était une des plus dures.

Le gardien du square était super-content de me voir ramasser toutes les crottes de chien pour les mettre à la poubelle.

L'épreuve qui suivait était quand même plus facile. Et puis, je m'étais entraîné à la cantine...

Les tests ont duré tout l'après-midi. À la fin de la journée, j'étais à plat, comme tous les guerriers après le combat.

Et puis, il était indispensable que je réussisse...

Le moment le plus dur pour
rentrer à la maison, c'est à la
fin du mois, parce que j'ai mon
carnet de notes à faire signer et
que c'est pô vraiment Disney-
land. Ce vendredi-là, c'était un
jour comme ça.

J'ai pris mon carnet et mon courage à deux mains et j'ai fait une première tentative avec maman. Par miracle, elle était occupée à donner à manger à Zizie et elle m'a pô entendu.

Ça me laissait quelques minutes de répit.

Mais comme, de toute façon, il fallait bien que je fasse signer mon carnet à un moment ou à un autre, je suis revenu voir les parents.

Cette fois, Zizie avait fait un nouvel exploit et j'ai encore parlé dans le vide.

Au troisième essai, je suis allé revoir maman, mais elle rangeait les affaires de Zizie.

Au quatrième, papa et maman regardaient les photos de Zizie.

Quand je suis allé voir papa pour une cinquième tentative, il filmait vous devinez qui...

Ça a duré jusqu'après le dîner. Quand je suis parti me coucher, les parents regardaient le film qu'ils avaient fait sur Zizie depuis sa naissance.

Bref, mon carnet de notes n'a intéressé personne et ça aurait été très bien comme ça si ça ne m'était pas retombé dessus.

8

Les parents nous ont fait déjeuner pour la première fois ensemble, Zizie et moi. Au début du repas, elle avait l'air normal. Elle mangeait comme les petits, en s'étalant la nourriture sur la figure, mais ça allait à peu près.

Et puis, je pense qu'elle a dû se souvenir quand je fais de la batterie parce qu'elle a commencé à faire pareil avec ses épinards.

Elle s'en est pô mal sortie pour le rythme.

Pour la propreté, je ne préfère pas en parler.

En fait, elle était plutôt rigolote, et puis j'avais passé mon stage commando avec Manu et Hugo, alors j'en avais vu d'autres.

Zizie a imité tout ce qu'elle m'avait vu faire. Elle a même réussi à me surprendre...

Zizie aurait pu avoir quelques points communs avec moi, si elle avait pô été si sale.

J'ai été un peu surpris quand elle a plongé les mains dans ses épinards.

Mais elle m'avait réservé le pire pour la fin...

C'est là que j'ai compris que les filles étaient vraiment pô du tout comme nous.

9

La maîtresse a dit à Basil de s'asseoir à la table à côté de la mienne. Comme il était tout près, je pouvais l'observer et c'est vrai qu'il avait l'air assez spécial. Il bavait même un peu et il avait pô l'air de comprendre ce que disait la maîtresse.

On a tous pris une feuille propre pour raconter ce qu'on avait fait la veille au soir.

La maîtresse nous donne toujours des sujets comme ça : raconter nos vacances, ou comment on a occupé notre week-end. Et moi je sèche à tous les coups. Alors je mets rien que la vérité.

Comme j'avais fini ma rédac' avant tout le monde, je regardais un peu où en étaient les autres. Ils avaient l'air d'avoir plein de trucs à dire parce qu'ils arrêtaient pô d'écrire.

Quand j'ai tourné la tête vers Basil pour jeter un coup d'œil sur sa copie, j'ai été un peu surpris...

Quand la maîtresse est passée dans les rangs, je me suis dit que Basil allait attraper au moins dix pages de punition. Mais non. Elle lui a dit que son dessin était très bien et elle a été super-gentille avec lui.

Du coup, j'étais sûr qu'elle mettrait dix sur dix à ma rédac'.

Mais je me trompais...

Alors là, c'était fort ! Moi, au moins j'avais écrit ! J'avais pô fait un dessin débile !

C'était tellement injuste que ça m'a paru bizzare. Ça cachait quelque chose...

10

Hugo et les autres rigolaient devant le mur. Je me demandais ce qu'un mur pouvait bien avoir de drôle.

Je m'inquiétais quand même un peu parce que, quand ils rigolent comme ça, des fois, c'est pour se payer ma tête.

Je me suis quand même rap-
proché pour voir ce qui les pliait
en deux à ce point. Et j'ai vu...

J'ai cru que j'allais avoir une
crise cardiaque.

J'ai voulu nettoyer le message
de la honte, mais ça voulait pô
partir.

Les copains ont dit qu'il fallait chercher qui l'avait écrit.

Moi j'ai pensé que c'était peut-être Nadia qui m'avait écrit, mais Vomito a dit que c'était pô possib', qu'il était arrivé avant elle à l'école et que le message était déjà sur le mur. Dommage.

Vomito, il arrive toujours super en avance à l'école.

Alors, celle qui m'avait écrit ça, il fallait qu'elle se lève hyper-tôt pour être là même avant Vomito.

On cherchait qui ça pouvait être et on se demandait si on le saurait un jour, quand la porte de la classe s'est ouverte...

Non ! Pas elle !

La maîtresse m'a pris par la main et m'a emmené dans la classe devant tout le monde.

Les copains se tordaient de rire que la maîtresse soit amoureuse de moi. En plus, j'avais peut-être trouvé des preuves que c'était vrai.

11

J'avais enfin trouvé celle qui m'avait écrit « je t'aime » sur le mur. Heureusement c'était pô la maîtresse.

Malheureusement, c'était pire. C'était une petite de maternelle. Elle était venue me voir d'elle-même pour avouer qu'elle était coupable.

Le problème c'est qu'elle me suivait partout et que ça faisait bien marrer Manu.

Elle commençait sérieusement à me taper sur les nerfs. Il fallait qu'elle se calme.

Alors je lui ai dit d'arrêter de me suivre comme ça et de me dire « ze t'aime » toutes les deux minutes et je lui ai demandé si elle avait pô autre chose à faire, aller écouter des comptines ou jouer avec ses peluches.
Elle m'a répondu : « ze t'aime ».

À tous mes arguments, elle répondait la même chose et ça devenait pénible.

J'ai été dur avec elle, mais c'était réglé. J'ai pu rejoindre Manu sans que « ze t'aime » me suive.

Quand j'ai vu la photo, ça m'a donné un doute...

12

On s'est mis d'accord avec Hugo pour trois chocos.

Mais il fallait qu'il joue hyper-bien son rôle dans le plan qu'on avait mis au point.

Je me suis caché pour inter-venir au bon moment.

De ma cachette, j'entendais tout mais je ne pouvais rien voir. Apparemment, Hugo avait bien compris ce qu'il devait faire.

Je l'ai entendu courir en grognant vers Nadia et commencer son numéro.

Nadia se défendait comme elle pouvait.

Je l'entendais dire à Hugo de la laisser tranquille...

Mais je savais bien qu'elle était trop timide pour s'en sortir toute seule...

Et c'est là que je suis entré
en scène.

Sauf que j'ai trouvé Hugo tout
seul, tordu en deux par terre.
Cette andouille était allée trop
vite et j'avais pô eu le temps de
sauver Nadia.

Je lui ai dit qu'il avait tout fait rater et que, pour la peine, il allait me rendre mes chocos tout de suite. À la place de mes chocos, Hugo m'a envoyé une grande baffe en pleine figure.

C'était pourtant bien de sa faute si mon plan était fichu par terre !

13

Elles sont tenaces, les petites de maternelle ! « Ze t'aime » avait recommencé à me courir après et elle était de plus en plus collante. Si ça se trouve, Manu avait raison, elle était peut-être même capable de venir me voir chez moi.

Mais moi, le mercredi matin, je dors. Je pensais justement à ça en me couchant le mardi soir, et tout à coup, quelque chose de terrible m'est venu à l'esprit.

Personne n'oserait se montrer en pyjama devant Claudia Schiffer !

J'ai préféré m'endormir tout habillé. De toute façon, je n'ai presque pas dormi.

Le mercredi matin, je me suis réveillé très très très tôt.

Papa était super-étonné que je sois déjà habillé.

Je me suis assis sur mon lit et j'ai commencé à attendre.

Et puis on a sonné à la porte.

Mais ce n'était que Manu...

Alors je suis retourné attendre dans ma chambre.

Et personne d'autre n'a sonné à la porte. J'ai attendu toute la journée pour rien.

Tout ce que j'ai gagné c'est que les parents m'ont privé de télé pour avoir passé la journée enfermé dans ma chambre.

On peut vraiment compter sur personne...

Jusque-là, elle disait que des trucs incompréhensibles.

Elle se promenait à quatre pattes dans la maison en faisant des sons baveux pô terribles.

Les parents trouvaient ça extraordinaire mais ils ne comprenaient rien non plus.

Et puis un jour, en se prome-
nant dans la maison, elle est
venue me voir dans ma chambre
et là, elle a dit quelque chose
d'extraordinaire.

Non seulement elle avait dit
enfin un mot qu'on pouvait
comprendre, mais en plus elle
me reconnaissait !

J'étais tellement content que je ne pensais qu'à une chose : faire dire mon nom à Zizie devant les parents. Zizie et moi, on est partis voir maman au salon.

Maman a pô eu l'air de trouver ça formidable. À mon avis, elle aurait voulu que le premier mot de Zizie soit « maman »...

J'ai suivi maman qui allait changer la couche de Zizie parce qu'il fallait absolument qu'elle répète mon nom devant témoin. J'ai gesticulé longtemps pour lui faire dire « Titeuf ».

J'étais sûr qu'elle pouvait y arriver. Après une tonne de grimaces, j'ai enfin réussi à lui faire dire...

...et devant témoin.

2.

Table

Rejoins
la bande

Franky snow

Franky snow

Smax

SMAX
SMAX

Malika Secouss

Malika Secouss

Tony & Alberto

TONY & ALBERTO

En vent

À lire dans toute

titeuf !

Marie frisson

Marie frisson
RABIER et TONTON

Glénat

titeuf

titeuf 8
zep

lâchez
moi
le slip !

Glénat

Samson et néon

Samson néon

Glénat

tchô!
La collec...

n librairie
es cours de récré

Rejoins la bande à titeuf

Mademoiselle Wiz,
une sorcière particulière.

Mini, une petite fille
pleine de vie !

Fantômette,
l'intrépide
justicière.

Avec le Club des Cinq,
l'aventure est toujours
au rendez-vous.

es héros grandissent avec toi !

Kiatovski,
le détective en baskets
qui résout
toutes les enquêtes.

Dagobert,
le petit roi
qui fait tout à l'envers.

Rosy et Georges-Albert,
le duo de choc
de l'Hôtel Bordemer.

Avec Zoé,
le cauchemar devient
parfois réalité.

Imprimé en France par *Partenaires-Livres* ®
N° dépôt légal : 20589 – mars 2002
20.20.0555.07/1   ISBN : 2.01.200555.1